当代诗人自选诗

一意

许文波 —— 著

中国书籍出版社
China Book Press

图书在版编目（CIP）数据

一意 / 许文波著 . — 北京 : 中国书籍出版社，2019.4

ISBN 978-7-5068-7283-6

Ⅰ.①一⋯ Ⅱ.①许⋯ Ⅲ.①诗集－中国－当代 Ⅳ.① I227

中国版本图书馆 CIP 数据核字（2019）第 080195 号

一意

许文波　著

图书策划	成晓春　崔付建
责任编辑	尹　浩
责任印制	孙马飞　马　芝
出版发行	中国书籍出版社
地　　址	北京市丰台区三路居路 97 号（邮编：100073）
电　　话	（010）52257143（总编室）　（010）52257140（发行部）
电子邮箱	eo@chinabp.com.cn
经　　销	全国新华书店
印　　刷	三河市华东印刷有限公司
开　　本	880 毫米 ×1230 毫米　1/32
字　　数	75 千字
印　　张	6
版　　次	2019 年 6 月第 1 版　2019 年 6 月第 1 次印刷
书　　号	ISBN 978-7-5068-7283-6
定　　价	42.00 元

版权所有　翻印必究

本来面目：评许文波的诗

1

许文波的诗集名为《一意》，一言以蔽之，就是独唱的意思。这个意思里，自有生命波涛中的诸多惊动。

他的隔代乡亲黄公望在《写山水诀》中说："画不过意思而已。"此意思在黄公望那里就是"真山水"的意思，由此散开去，可能所有的艺术也都不过是意思而已。

"意思"到了许文波的诗歌文本里，就是汉语骨血里的一颗赤子之心，或者只归于一个字——

"诚"。

2

政治家有政治家的性格，而诗人有诗人的性格，许文波的诗人性格就是塑造他的诗歌语言流向和内在骨骼的魔法，当然也可以说，他的诗歌文本也会反过来塑造他自身的诗人性格，甚至会强力塑造他的一部分命运——我的意思是说，对于一个真正的诗人来说，他既生活在人世间，也生活在他创造的那些隐秘的诗意当中。因此，不是一股洪流，而是上述这两股洪流（诗歌文本和诗人命运）共同塑造了诗人的灵魂。

那么，许文波透过他的诗歌文本显现出哪些诗人性格呢？

我可能说不好，但我必须说：

从许文波的诗歌中可以清晰地感到，他无论在审美根底，还是在个性展露上，都绝不是一个打退堂鼓的人，而且他还要前进一步。这一步，就是"趋前"，就是锋芒，就是一种诗意的绝对。

对他个人而言，他在语言上的固守与开凿，都是革命性的，而且看起来他的语言艺术革命，分明就是一种斩草除根式的革命，也就是说他对自己下手从不发软，但在他的内心里，又慈悲得一塌糊涂。

他的诗歌中常常具有一种高度的戏剧性，这戏剧性来源于他心灵中的风暴，我不得不说，他的这种锐利的、撕裂般的"戏剧性"，既令我畏惧，也令我心生尊敬。

他往往充满一种狂放的偏见，这偏见在他的诗歌中不是循序展开的，而是突然爆发的，就像歌剧中突然爆发的华丽高腔或者就像寂静平原上传来的一两声长啸。

一个温暾而教条的评论者，注定无法真正评估他的诗歌，因为他本身（他的诗歌和诗人性格）就是反温暾与教条的——在他诗歌的骨节处，他始终保持一个战斗者的姿态。某些时刻，他就像雄狮一般。

但他的柔情和天生所带的古意，又充溢着一种温暖，一种清醒的良善（非糊里糊涂的好心），这一点在他的诗歌中体现得非常明显。简单地说，温暖与良善，皆来源于他精神中的一种道德热情。

他雄心勃勃，但也有追逐某种生命碎屑的天真情怀。

这大概就是我眼中的，也是他诗歌中所显现出的诗人性格。

我一定没有说全，但希望没有漏下他诗人性格中最为核心的部分——

这些部分就是他的命，就是他在诗歌审美上的严厉法度。

3

退火

有鉴于火的消退
万物契合，契合了从头到脚的定律

拿捏尘土，也拿捏鼻息。我是想
把明天一笔勾上
把三两春意换了酒钱
并赶在天明前赏月，也赏赏旧纸堆里
的古书
而向江南驰援的寒流，还迟早会
在锋口结晶
做一场无能为力的淬炼

《退火》中的古意是直性的，但表达方式却颇为复杂，内里宛

/ 003

如细丝缠绕。

开首就言明火的消退，带来了万物的契合，那从头到脚的定律，仿佛是铁定的个人命运。

第二节，"拿捏"一词反复使用，加重了禁锢性的词语指向或者加深了某种约束性（或自律性）的现实深度。"把明天一笔勾上"，是对于未来的浪漫期许；"把三两春意换了酒钱"则尽显不羁的心性。之后的赏月、古书等意象，笼罩着一片古风。之后，他的笔头子一转，却引来了"寒流"，这股寒流迟早会在刀锋处结晶，从而诞生一场"无能为力的淬炼"。

这首诗是悲剧性的。结尾处的"寒流"，几乎是绝望地打碎了前面所铺陈的浪漫古意，将个人命运化为了语言上的锋刃。这锋刃诞生于一场淬炼，诞生于一场无能为力的淬炼。本质上此"淬炼"是荒诞的，是不得已的，甚至是无意义的或者是反意义的。

再回过头看"退火"一词，才发现它既是一次火气全消的重生之旅，也是一场充满了无力感的寒光毕现，那相互搏斗的语言歧义直接催生了这首复杂而尖锐的诗歌作品。使我感到惊动的是，诗人在结尾处的笔意转向，转得非常坚决，也转得非常干净——

他的悲剧性书写，竟然已经干净到了不留任何余地的荒诞程度。

4

樱花

四月的一场雨
让十个女子正常受孕，让野草十里

一点小忧伤
现在也是的甜蜜的

她本能的摇曳,令春光低了三尺
每一株都成了妖娆的国度
她不带
刀子,和杀人的笑
但必须保持警觉
我担心城门失火,也担心在吃酒的大好午后
忽然流离失所

写樱花的诗多矣,但许文波的这一首却异常鲜明,这就是他的骨力所在。

"四月的一场雨/让十个女子正常受孕,让野草十里/一点小忧伤/现在也是的甜蜜的"。四月的雨,引发了女子受孕,此为诗意的嫁接与拼贴。在美好的季节里,就连小小的忧伤也充满了甜蜜的味道,似乎人间的一切都在瞬间变得浪漫而温情。

"她本能的摇曳,令春光低了三尺/每一株都成了妖娆的国度/她不带/刀子,和杀人的笑/但必须保持警觉"。樱花之美,可令春光低头,那绽放的时刻,使每一株都成了妖娆的国度。而"她不带/刀子和杀人的笑",却顿时将这首诗推向了一种格外紧张的语言氛围中,原来在极致的美好面前,诗人也不可丧失自己的警觉——不可丧失自己对美好背后的破坏性的警觉。

"我担心城门失火,也担心在吃酒的大好午后/忽然流离失所"。结尾的"城门失火"和"流离失所",像极了一个无可奈何

/ 005

的人间预言或者仿佛是诗人对于命运无常的一声喟叹。这预言或喟叹，只能来自于诗人内心的不安全感，来自于时刻存在的危机意识——

来自于对美好本身的敬畏与警觉。

在写樱花的诗中，陡然出现"刀子""杀人的笑"和"流离失所"这些词语，足够令读者感到一种戏剧性的冲击力，甚至感到迷惑，但这些诗歌意象或语言效果，恰恰就是诗人所追求的一种复杂的、充满炸裂感的语义力量，这也是本诗之所以区别于那些雷同的写樱花之诗的根本原因。

也许一切的诗意弥散都是诗人的偏见使然。

也许一切的诗意消散都是诗人的性格使然。

5

李白

车马往南

我向北

占卜的石头十年后被想起

选择失明的人往秋夜里放火

不用再远行

只有困顿让他们赶赴前线

那晚林边独奏的民间乐手

也分明有十人演绎，他不孤单

让我闭上眼睛
只用冥想
跨越立体的时间和空间：
一个人，或者一些事物就静静地在那等待
那是一只紫色的蝴蝶、一个知己，
一支余生会跟随的队伍

或者动笔
身体里走出了李白

"车马往南/我向北/占卜的石头十年后被想起/选择失明的人往秋夜里放火/不用再远行/只有困顿让他们赶赴前线"。车马向南，显现出诗中人坚决向北的一股劲头。这不服从的劲头，是一种烈性，而李白无所不能的语言能力和豪放不羁的个性，即出于此脉。

"困顿"是人生的低谷，也是命运的陷阱或门槛，它虽然是厄运，但也能推动深陷其中的人们赶赴前线，进而与命运掰一掰手腕——与命运较量一番。李白在唐代的诗歌创作前线，难道不也是在诗意的困厄中进行着一种突破性的（搏杀式的）诗歌书写吗？古今皆同也。

"那晚林边独奏的民间乐手/也分明有十人演绎，他不孤单//让我闭上眼睛/只用冥想/跨越立体的时间和空间：/一个人，或者一些事物就静静地在那等待/那是一只紫色的蝴蝶、一个知己，/一支余生会跟随的队伍"。在民间乐手的演奏中，他其实并不孤单，大有"对影成三人"之感。时间与空间的相互交织、穿透，带来了魔幻般的时空错位，从中渐渐显露出一只浪漫的翩翩飞舞的紫色蝴蝶、一个将心比心的知己和一支光芒四射的队伍——这些意象,都来自诗人的心象,来自诗人幻觉中的真实命相,来自诗人心之所系的诗意化体认。

"或者动笔/身体里走出了李白"。李白终于走了出来,他从书写中的作者身体里走了出来。原来李白不仅是一位万古流芳的诗人,还是那些热爱李白的诗人们身体中的一个图腾般的存在——而且李白居然是一个活生生的人,一个在诗歌书写中不断被复活的人,一个不朽的人。

由此,李白在这首诗里成为许文波独有的一个意象符号,或者成为属于许文波的一个诗意现象——

一个烙上了许文波个人印记的语言存在。

《李白》这首诗,使读者看到了许文波在书写单一且文化含义基本固化的历史人物时所迸发的一种斑斓的想象力以及他独有的、充满多种语言可能性的诗意指向。这种指向,常于平静的语言水面上突然掀起诗性的惊涛。

在语言上,本诗非常节制,但毫无语义流向上的压抑之气或者文字呼吸间的紧张之感,诗人写得十分放松,也写得十分"写意",他几乎是依靠着语言的自然流淌而导向了最终的诗意呈现——他呈现出一个伟大的、鲜艳的和活泼泼的"李白意象"(非单一而凝固的李白个体),也呈现出一个真实坦率、浪漫丰富和骨质洁白的自己。

这首诗诚意正心,全由己出,有峻洁之姿。

6

　　以上细评的三首诗就像许文波的三个诗歌样本或者整本诗集的三个检验切片，从中可窥斑见豹，也可由"三豹"而见许文波的诗歌所折射出的世间红尘和诗性伦理。

　　许文波是一个前进中的诗人，他有他的语言世界和美学星空——

　　与佩索阿一样，他也有他的第八大洲。

　　从他的诗歌文本来看，他是一个热衷于伟大事业的人，他有一种与自己灵魂本质相连的诗意的韧性，这就使他在诗歌创作中，可以始终保持清醒的头脑和一种近乎神秘本身的语言体验。

　　他在诗歌的指向中，从不屈尊俯就，他一方面冷静而坚硬，一方面却放任而温暖。从某些方面看，他是一个丰富的矛盾体。他的精神质地更接近于西方的酒神传统。

　　从他的精神向度上来看——以古代的伟大诗人作为永恒的参照系，他可能很难趋向于苏轼那样的诗人，也离陶渊明、白居易、王维较远。他大概趋向于李白、李贺和李商隐的精神境地。他可能极其崇敬杜甫，或者也极其愿意趋向于杜甫，但他终归离杜甫比离李白要远，因为他至少在目前依然缺乏杜甫内在的那股浓重的沉静气息和太史公写史式的宿命感，但他天性中却带有李白的浪子气概和一种乌托邦式的精神道场。

　　他的某些诗歌刻意追求语言的变形效果，但如果处理不佳的

/ 009

话，就很容易磨损掉他宝贵的诗性底色。他最需要警惕的是平庸的、发泄式的情绪表达。假如他足够强大，那么他在今后势必要与非艺术性的"情感常识"进行一番艰苦的语言搏斗。

在未来的诗歌写作中，他仍然离不开行军床，仍然离不开艺术上的战斗（严肃诗人的命运向来如此），但无论如何，他终究具有一副独属于他自己的诗歌面目，而这面目正是他的本来面目——

此为"诚"。

是为序。

汉　家

2018年12月8日，虞山

目录 / Contents

001 本来面目：评许文波的诗

一、别样的情怀

002 撕　扯
003 退　火
004 惑
005 当一束光闯入
006 飞　行
007 夜珍珠
008 控制术
009 臆　想
010 醒
011 空　瓶
012 怎样看一对合格的齿轮
013 高　烧

014　寡　言
015　头　疾
016　咳　疾
017　李　白
019　失眠症
020　体　虚
021　投　奔
022　不！
023　顽　石
024　时　间
025　地　点
026　人　物
027　致落叶
028　我的秘密
030　断头刀
031　此时此刻
032　孤　独

二、移花接木

036　白玉兰
037　雨中荷
038　合欢花
040　桃　红
041　樱　花

042　一株经过嫁接的梅花树

043　红　梅

044　寒　梅

045　睡　莲

046　红梅三则

049　在上山路上见梨花

050　油菜花

052　从一朵花说起

053　桂　花

054　芦　花

三、虞山之下

056　独访铁琴铜剑楼

057　螺蛳湾

058　酝酿：紫……

059　西城楼阁：落日

061　走　山

062　访柳如是墓

063　老街与时光

064　仲家老宅的疑问

065　雨　巷

067　山　秋

068　银　杏

069　联珠洞

071　聚沙塔下
073　访芙蓉庄，黄昏及夜
074　穿越阜城门
075　吃　茶
076　常熟：剑门
077　老栗树下
079　西门湾
080　听雪落的声音
081　问　村
082　西城，及西城以外
083　虞山下，我摘走一枚红枫
085　虚　掩
086　曾园：我对一座江南老宅的初访
088　曾园：抽出我的旧梦和悲伤
089　车过昭文路
091　诗画琴川

四、空心潭上

094　空心潭
095　药　引
097　向破山寺
098　朽　木
100　倾　听
101　共　鸣

102　说"困"

103　石　阶

105　循　环

106　位置：潭边品茶

107　寺　外

108　犁　刀

109　孤坐禅院，黄梅最后一天

110　白玉兰祭

111　等　雨

112　消　磨

五、时光有痕

114　雪的三部曲：2007年冬日记忆

116　2010年夏夜，和女儿纳凉，看星空

117　台风2012

118　台风2013

120　台风2018

121　子　夜

122　落日与我，在黄昏的一个场景

123　告别青春的台词

124　中秋月

125　九月歌

126　立　秋

127　在一个寂静的夜晚

128　四　月
129　春风慢
131　冬夜看雪
132　立春帖
133　九　月
134　暮　春
135　秋风辞
136　哦，十月
138　立　冬
139　冬的叛逆者
140　秋　逝
141　叶　子

六、散落的章节

144　芦　苇
145　径　流
146　偏　执
148　源　头
149　风　筝
151　拥　挤
153　不惧怕
155　更　替
157　日　子
158　叹昭君

159　爱　人
160　房　子
161　冶　炼
162　仲　春
163　黑　夜
167　空　杯

168　跋：铭刻诗歌，击败苍茫的时光

一、别样的情怀

撕　扯

忍住觉醒
停住一枚熄火的动词
放大海
或者放大孤岛
坏死的水龙头和手
要排泄温暖，也排泄离殇
多么难

黑夜里，我望镜子
打着响鼻开往明天
要么脱轨
在冬天的村口兑现
蝉和桃花
或者是为白米饭舍出了咸菜汤
流泪样的写意
及痛

退 火

有鉴于火的消退
万物契合，契合了从头到脚的定律

拿捏尘土，也拿捏鼻息。我是想
把明天一笔勾上
把三两春意换了酒钱
并赶在天明前赏月，也赏赏旧纸堆里
的古书
而向江南驰援的寒流，还迟早会
在锋口结晶
做一场无能为力的淬炼

惑

我的一生都在漂浮
怀揣铁、石头
怀春、酒,怎么会没有醋花生
在2010年农历的岁末
爆竹和谎言
准备好
给别人看,给别人听
自己要实在
为什么要白活一天

当一束光闯入

它像是挑明一个逻辑题。
巨大的塔吊与守夜者的翅膀半举着,头埋向
九月。黑暗很早以前荒凉,
很多人试着割下嗓子。一座空落落的山城
飘忽不定,明确的光正打着。
现在可以考虑腾空,仿佛又有了信仰,切向真实。
飞鸟已经感知。它们同时、大批量地跃起
我不知道谁更接近神。
握着光源,打开和关闭。一个更虚无的舞台
晴朗,或者死寂

飞 行

黑夜
背后的白
赦免误入歧途的小孩
和大人

我常常低头,致命飞行
或沉睡
假以明天的托词

夜珍珠

又一次小心翼翼地
采摘黑夜

为这条独特的项链
再串上一颗

它的长短取决于
我的生命

控制术

给思想别上一个电台
随时呼叫
让它回来控制你的身体
去吃大鱼大肉
或者就根本不听话
你只有追着它跑
到了大海边，它已经到了理想国
你只有望洋兴叹
谁在阻挠谁的自由
谁在对谁始乱终弃
也只有在最寂静的时候
才能彼此妥协
像用慈爱的抚摩
俘虏一只不安分的小猫

臆　想

毋须摇摆了
只要从一枚谷物上
撤离下来，就没有了泥土的心事
和风的消息

我不是那株真正意义上的植物
木讷的时候可能是
雨季开始的时候就不要了
过分腥湿
或者是对关节炎的恐惧
加剧了现在
我逃亡的可能

醒

小醉,小醉而已
那月色
在一个杯子里
滴酒不漏
我的心肠成了它们的故乡
我便没了故乡

唉,十足的过客
第二天起来就大呼如梦方醒

空　瓶

夏夜
擅长胡须与草色
而那些空酒瓶
齐刷刷地排列着

并面对我
张开怪诞的嘴巴
这令人害怕：

甜蜜的倾诉状
过去式

我捂住口，炎炎之日更盛

怎样看一对合格的齿轮

愣头青容易工作卡壳,老油条做事喜欢推诿

一个愣头青叫磕磕,一个老油条叫绊绊
咬合在一起的时候,就多了些磕磕绊绊

它们生来为了做圆周运动,二十四小时坚持奔跑一圈

齿数和模数是外在姿态,材料和硬度有内在火候
允许它们有各自的中心,但要把一个力坚决传递

高　烧

夜
失眠，滚烫
鼓声落下
龙门阵里
石头提前坍陷
一百只病鸟飞进喉管
打结

剥离悲喜，
别再陡峭
喝水，服药
小小心心
重新运行成一枚星球
并降落

寡　言

中秋过了是晚秋
它曾有过渐渐愈合的过程
今天是风和日丽的假象
站在这个城市的黄河路上
左边是明日星城，右边是佳和广场
一个轻骑兵穿过忧伤的红绿灯

我出来找一点吃的
饥饿磨破了嘴唇，磨破胃，而它仅仅
是一句需要磨破的语言

相信我，我也只是位寡言的孩子
落星为子
石头七颗。或是诗行寥寥
恶趣味掉出盔甲

头 疾

那些芜杂的信号
常常在某个时空的北极，或南极流放
我精神好时，它们被自动屏蔽
今日当我困倦
手和足出现温度异常
冷暖无法匹配
它们形成了可疑的电云，侵犯我的头颅
烈度一再增强
疼痛就溜进我的生命里
我意识到了，我身体的某种残缺

咳 疾

这些年,他与四散的草木不和
后院冬天,羊肠小道,一种安静始终秘而不宣

日子失去血色
丢在无关痛痒的河流里。终未再有一剂良药
最后淤积,成为河床底部沉重的铁
狠狠地压住呼吸。喊不出
挠不到,捞又捞不着,搬又搬不动
卧榻之上即已是悬崖
雷声在胸口渐渐隆起

又一年春始。沾染风寒的人,就让他咳出
这一世的疼

李　白

车马往南
我向北
占卜的石头十年后被想起
选择失明的人往秋夜里放火
不用再远行
只有困顿让他们赶赴前线

那晚林边独奏的民间乐手
也分明有十人演绎，他不孤单

让我闭上眼睛
只用冥想
跨越立体的时间和空间：
一个人，或者一些事物就静静地在那等待
那是一只紫色的蝴蝶、一个知己，
一支余生会跟随的队伍

或者动笔
身体里走出了李白

失眠症

梅花又在二三月里
细细刻划春天
最后竟有一些败笔
露骨的红同一个走过冬日的人
留下了血色

山外停着骏马,欢呼也来自山外
轻轻擦去血色
闭上眼睛
夜也竟然可以推倒重来
这种重来,有一种久违的明亮

体　虚

匍匐。蛇行。在盗出的汗液里
淘出铁锈。一些暗红的物质
也许就是过去
夕阳下河滩上散去的霞光。那日一不小心失足的石子
今天在身体里泅渡
每一个沉浮经过牙关，叫出一个苦字
曾经的猎人会输给猎物，头羊输给草丛
他也总要输掉这身筋骨！

不再领衔每一次对时光的反叛
轻轻把皮囊对折，粘好
并投递。经过盛夏，请以植物为暗号
抱上一壶酒，等他来饮

投 奔

昨夜,投奔胡须
我送酒去了
乡关
醒来,眼睛张大
对着镜子
做小手术
剃除掉胆怯,愁,以及慌
无意淹在被窝
只是等来年
来来去去
的来年,去年
别让我
发胀
发泡
如此成了,一个英雄

不!

为了填满黑夜
我坚持拆散
天边稀疏的星斗

最后我只要
不
自说自话
整个世界就沉默了

顽 石

于亿万年前凝固
大山里再普通不过的一个

它不爱说话
但会在夜晚弹奏风声
后来还收集月光,有过比月光还洁白的梦

这里的人们渐渐走了出去。包括
会飞的鹰,和一枚自言自语的小花

现在,它是多么的不牢固:
它当初为何不是扬起的火山灰?
飘向大海。在大海的浪涛里,一沉一浮

时　间

有座古老时钟
把我从早上6点搬运到晚上12点
我们确系主雇关系
它始终在起点候着，在终点离开
周而复始
这是笔不错的买卖
我想不到要支付什么
不知

地 点

我向往过一个地方
寒苦,有酒,月光移得很慢
一发呆就是十年
月落
一枚利刃被削尖
或者,削尖了一个诗句

人　物

几百号人马纷至沓来
我一路高唱赞歌,一路迎奉
并掏出最爱的棒棒糖给他们吃
混战
还是开始了,据说为了地盘
我依然能记得一些头颅的名字
但不愿再提及
因我不再喜欢棒棒糖
人物
只需记得一些,忘记一些

致落叶

好吧,就这样败退
拖曳起盛年时绵密的心事
戴上来时的盔,来时的甲
在最后一场山风之后
山呼海啸般退去
假使还有一段惊泣鬼神的爱情
在燥热午夜
引燃了无名烽火
那么,请将它的魂魄带走
在某一年春天
请仍将干干净净地来

我的秘密

食人花慢慢枯萎
狼群偶尔跑出森林
崭新的勇士还在摸索黑暗的尽头
天顶沉没河流
封印被月光撕扯。丢下武器和灵魂
我赤裸着回到古堡。回忆删减，
语言剩下不眨的眼睛。
马匹，铁匠。弓箭手的盔甲
依旧。绕过每一座宫殿
和每一个人擦肩而过。
血液不再回流，提刀的手不再提刀。
我无力说出半兽人围城的消息
钟声惶惶
抵抗的人群中不会有我
我只是走路，机械一般行走
我甚至已经不是一个智人

其实我已经倦怠了。下一个世纪
或者回到上个世纪
复活我
再次和你聆听神谕的召唤

断头刀

对血的嗜好，如同窃国者对王位的向往
风在倒立之前静止：
一百个人心跳被加速，另一百个人没有心跳
司马迁的史书燃起火来。
刀！克钢、克阳、克一百座城池！
我失声尖叫

人头落地了！

红色梅香
与落水的墨，从严寒处飘来
也成了历史

此时此刻

听曲
喝酒
啃食干面包

我是身处在
江南的心脏
听曲。喝酒。啃食干面包

我是身处在江南心脏的
午夜
听曲。喝酒。啃食干面包

孤　独

孤独是岁月额上的伤疤
它永远不可能流出同样的血
也永远不可能描摹出同一把刀
在这样的春天
夺回青春的苦痛

时光通道里，每个人孜孜不倦
向属于自己的墓穴掘进

一根稻草在尝试喝住一群骆驼
我同时和三个不同的我打架
是谁埋下如此壮烈的种子
每一种呐喊，每一种悲伤，慢慢潜伏下来
我饮不下朝露，蜕不掉丑陋的皮
它们只对我的一身硬骨头怀有好感。而那提刀的风
随时取走了香的头颅

剩下的枝头也要开,开就开我的呼吸
那少年薄衫,一口气就从眼睛里跑了出来

二、移花接木

白玉兰

去年，一块完整的美玉
石沉大海
经过多方打听，仍然毫无下落

一定是死了
不然谁会舍得在追名逐利的世间
放下自己的身价
永远消失于人间

今年，无数名叫白玉的花瓣
齐聚枝头
努力拼凑着，它当初的模样

那是魂魄吗？
也许是历经了一次不成功的爱情
它高洁的心
碎成了现在的样子

雨中荷

为一段还未足月的爱情
饮泣
往后,它更不敢
在河塘与人世间
摆渡

一朵挨着一朵的雨水,将忧伤铺陈开来
这是水墨丹青之外的

而我的拙笔只会写诗
不会临摹。对于这个江南以优雅出名的女子
我更愿意在合适的时候继续
一睹芳容

合欢花

你仍然站立在
人世的前头,仿佛过去的三百年
只是为今日的相遇
做出的小小铺垫,而往后的三百年
又无从谈起
我喜欢这些高大树冠上的烟霞
这绝对不是向晚:那是朝霞一样的目光
之所以要在雨中
虔诚凝望,我想我是疯了
百鸟和大地都被唤醒,你又何必怜惜一次向下的电流?
沐浴着花香,请你也试着再一次
复述前世今生
我愿意乔装成那个书生负罪而来

当我俯下身去,阳光在六月里
衰减。汗珠停留下来结成果子

风从连绵的过去吹来,人行道上铺满了未尽的语言
也许那是你要说,却没有说出口的

桃　红

多年以前
三月。是谁渐渐单薄了衣裳
多年以前
三月。无人的香径落下桃红

多年以后
依旧三月。是谁渐渐单薄了希望
多年以后
依旧三月。无人的香径咳落桃红

樱　花

四月的一场雨
让十个女子正常受孕,让野草十里
一点小忧伤
现在也是甜蜜的

她本能的摇曳,令春光低了三尺
每一株都成了妖娆的国度
她不带
刀子,和杀人的笑
但必须保持警觉
我担心城门失火,也担心在吃酒的大好午后
忽然流离失所

一株经过嫁接的梅花树

它们彼此迎娶对方的方式
让整个春天
为之动容

一支白梅深深地嵌入进了这株红梅树的躯干里

要不是它们双双开出了花儿
人们一定会疏漏了
那些曾经的疼痛,也或者是甜蜜过的细枝末节

红 梅

它的每一种眼神都是兵器
它的每一瓣衣裳都是铠甲
它的每一缕香气都写明是毒药
它的每一只手里都有坟墓
它把我掷向深不见底的火
它把我从病入膏肓的泥土里挖出
它把我投入旷日持久的严寒
它把我葬入隔世的大雪
它愤世、孤傲、倔强、呆板,但
它又美

而仅仅只有一抹惨淡的阳光
对这个冬日的午后进行了短暂的干涉

寒　梅

所有蜂拥而至的冷
无论翻过多少座山，多少道梁。它们必须
有的放矢。它们必须
将这个世道里的残酷和爱一并奉上
梅，在腊月里最后被提及
收拢妒忌、羡慕、恩典、恭维以及单相思、单方面的好
它就是在这个属于它的地盘上根深蒂固

许多年前和许多年后
我还是把梅刻在骨头里：穿红彤彤衣裳，绝世独立的姑娘
当决意把它搂在怀里取暖的时候，我就拼命地
死去。成为一滴雪水
迅速流向地底深处

睡 莲

尘缘里小小地
一开
一合
总是在最不经意间完成

你睡去时
说爱我。醒来后就忘记了

你是莲
你是莲一样的姑娘
细细地汲水
毫不注意四周蛙声一片

红梅三则

1

它不在世外
也不在世里,它在一篇完不成的诗稿上

今天几根枯枝
轻易绕过了倒春寒,在我的掌纹中
盘根错节

刚刚还提起的笔墨硬是开不出花朵
夜在烛火的闪烁里,行色匆匆

红。再普通不过的颜色
如何也写不出。它只在我的心脏和血管里
一次又一次地酝酿

2

雨水停住了
更漏声。即将到来的小阳春会轻易卸下
我的三件外套

把两桩心事重提
似乎是积重难返,我的头疾又在为昨夜的失眠
做出最好的回应

恰恰是园子里的梅花树
在众目睽睽之下,面对我的期盼
迟迟不肯开放

3

一个个花蕾收拢着
它们抱住肩膀,抱住膝盖
冬天倾尽所有的白雪,然后消失在泥土深处
它们好像充耳未闻

我分不清它们的性别
但对于那种瞬间放大的力量

只有世上最固执的人
才能与之同病相怜

它们将会带着顽疾在春天的暖阳下
一次性地吐出全部猩红的疼痛

在上山路上见梨花

一座空山,一座空门
自从有了一首脍炙人口的绝唱之后
便没有了来者
只有一小株梨花
盛开着

盛开着
这个世道里全部的留白

油菜花

村里的妹妹快到十八岁了
身姿一下子挺拔起来
这可急坏了她家境贫寒的母亲

桃和柳两位姑娘本来也是寻常人家
认了几个城里来的表哥
用最近寄来的银子
添了些红红绿绿的新衣裳
她们没有读过书,凭着三分姿色
看不起我的好妹妹

妹妹这个不懂世故的黄毛丫头
也开始忧伤起来
一位名叫"春风"的理发师
免费给她剪了一个波波头
瞧!那齐眉的短发

加上大大的眼睛和深深的酒窝
让村里的大哥哥们投去了爱慕的眼神

从一朵花说起

又见雪花
又见它次第开放

小小姑娘,小小姑娘
深居简出

我是在南方的冬
抬起头想它。在天宫中寂寥的模样

桂　花

清风白露
点点姑娘，点也点不清的好姑娘

咿呀咿呀摇
隔壁阿婆跨出灶堂老眼昏了花

"一、二、三、四、五……"
这带香囊的黄毛丫头都出自她们家

树后还战战兢兢藏着一个野小子
拿着竹竿，想着去年吃的桂花糕

芦 花

大片的芦花
高高耸立
每一支都可以借来眺望过去和未来

风中同样动荡的
我：本意观景，无奈抒情
好吧，就这样
在秋日的下午久久发呆
化去肉身
站成前朝的建筑

三、虞山之下

独访铁琴铜剑楼

那一刻,我不能打亮所有的火石
与电光。身披铁衣
悄然独立
那一刻,好像谁都知道我是那个要赎回神器的人
并对十万宝笈垂涎三尺

铁琴铜剑楼下:公元二零一二年元月十日下午
我吃长久的闭门羹,看腊月寒风
撕扯院外的梅香
天色忽明,
又忽然暗了。二百年来好运也是这样
时常眷顾广袤的江南水乡
又随时对这个原本四进的藏书楼
施以厄运连连

螺蛳湾

水漫长
月色撒向河湾
网起了
故乡，或天涯
因为静止，江南还在江南蠕动
因为生长，野草的眼神和心事，打紧出处
风声放牧了望虞河
大江依然东去
总有人对着螺蛳湾歌唱
也总有一枚螺蛳默默收藏
只一倾倒
就有四季的桨声

酝酿：紫……

八百年光阴不只是弹指一挥
已经失了语的是琵琶，失了色的是一幅江山如画

我从一首宋词的上阕中逃离出来
又一头跌入下阕，就像跌入虚空但真实的回忆里

黄酒还是南方的好
撩动琴弦的纤纤酥手也是

战马和长缨都留在故土
折戟沉沙的是我

点什么唇，用什么妆。花间的女子巧夺天工
还什么愁，复什么国。醉在香肩恰一夜梨花细雨

蝴蝶。在我合上一本书散落的夕阳里起舞
我唤一声，"阿紫"。一个旧梦旋即碎落

西城楼阁：落日

这里的静是前不见古人，后不见来者的静
一个人，一轮落日，一座城
他们在灰蒙蒙的空气里相互站得很小
所有的街道、工地、车间、会议室、菜市场以及口鼻、
　　眼神、手势发出的
喧嚣。放大了这样的静
边缘人；将死的落日；城，一片农田倒下
圈进更多欲望。而我所登上的城楼，只拥有了前朝的旧址
要烧制进什么样的文字，才能让每一块墙砖开口说话？
就像三十年前，我跟着石头说话，
　　跟着家门前的小河练习微笑
跟着一群蚂蚁学习生存的本能，由里而外地爱

此刻，只有身后的山，还是英雄少年
松树林在暮色里仍未倒下。晚霞抽空了落日，
　　泼洒大片的红

浸染裸露的有着生命,和没有生命的万物
菊香已带走秋天,落叶因干燥彼此摩挲,
　　风一吹它们就退后
这个世界因不断奔走的血液而真实,也不断虚假
时光正好,赶刻了下一座碑

走 山

请不要一个人天荒地老
这个中落的世道里
我们称兄道弟。我的喉咙
也如你,永远哽住延绵的石头。那一望无边
新的、旧的,周身的坟,现在都别怕惊醒
任何一个灵魂。就听我一声断喝
退还所有欠下的闪电!
一个人走进山岭,也是在走自己
自己的发肤之上!
而长啸往往无力,我们流着本质不同的血
挖又挖不出。往前和往后五百年
我们将更寂寞:一座孤山,一座荒冢
谁在谁之上,谁在谁之下?
这短短几十年的间隙里
你落草为寇,或占山为王!

访柳如是墓

与她继续唱和的春水
又暖。我绕过西城,绕过了一首好词
去寻她。终究无处可寻

那一副艳骨,也曾瘦
瘦比黄花。和收不得的一世风流
今安于了一抔净土:
"莫道无归处,莫道旧时飞絮,莫道人去夜偏长"
三百年的光阴里
红和绿,肥了的江南,或者句子
已皆成虚空。但除非你爱
爱绛云,也爱红豆
除非你在晚明的山河里
料定如是多妩媚

老街与时光

这条老街被锁住了
死死地锁在了,江南一个
不知名的小镇,我们也
仅是几个,偶尔几个,冲破封锁的人

相机"咔嚓""咔嚓"响起
时光是最可怕的敌人
悄无声息,却蜂拥杀了进来,谁也无力抵抗
墙硝忽的剥落,和这条老街对自己的
记忆一样剥落。
烈日加剧了它的痛楚:
伤口裸露着,并无处遁形

其实,我们不该来
或是该找个下雨的天气,擎着伞
闯入。这酸酸的,湿湿的世界

仲家老宅的疑问

宅门好多年没再开启
我希望其中有人
依着水乡的路　曾经走了出去
纯白色的无名花
在不远处　摇曳着　摇曳着
一片宁静

留着的人不会再醒来
是否还有归者
推开这座尘封的坟墓

雨　巷

因为又下雨了
幽深的小巷
吐着浓浓的雨雾
它们是白色和灰色的
旧时光：瞬间出现
又瞬间不见
它们在江南的六七月里谜一样地燃起
又谜一样地熄灭

因为又下雨了
我什么也看不清
小巷狭窄的入口
隐约有一个过去的小男孩，慢动作地挥手
张望。我听不见他在喊什么
应该会有他要好的一个姐姐
或者一个妹妹

忽然会红着脸冲了出来

因为又下雨了
交不出去的爱情
全都瘫软在地上
春夏秋冬缓慢地往后挪
随淅淅沥沥的雨水声，和这个小县城蜿蜒的河流
回到青春开始之前
回到他饱满的内心，回到他高高举起的右手，
　　　回到那根柔软的
棉花糖甜蜜的内部

山　秋

天空的衣兜再次为大地敞开
所有的偏执
只消让季节慢慢诉说

那个不是很晴朗的下午
和那处不是很崎岖的山坡容纳了我
席地而坐
极目而终

有两三片时光从白云深处遗漏
有两三声鸟鸣在树冠之上鼓起又平复
有两三块乱石沉默不语

百十里外，大江酣然击水
咫尺之内，银杏叶在后来的某个时间点上遮住了我的眼睛
这一地的金黄最终让我感觉整个人的重量
都浮在秋天之上

银　杏

是你身旁的残垣下
不灭的香火
还是这座山神
经久的召唤。我以一句诗行的形式
回溯到对你的信仰

你站住了山腰
你站住了
对山门下兴福寺的眺望

一千年只是个数字罢了

联珠洞

秋风瑟瑟,一阵一阵
犁过茂密的山林
落叶有时候几片,有时候成百上千片
同时从联珠洞的洞口飘落

要归功于大自然的鬼斧
孕育了我们彼此不一样的胎记
那种对黑暗的恐惧终于敌不过
我对神秘感的向往

因为干燥季节,没有发现洞顶倾泻下
本该有的大量水流
当然也听不见水流撞击石壁
发出急促的哗哗声

只有一两颗水珠在逼仄的时空里

悬而未决。像是时间
和生命的接力已经走到终点
却还在等来更大的枯竭

聚沙塔下

隐匿过的南风
有了踪影：
跳跃过世间无数个黄昏
一缕从佛经里
抽出。与天空里的五十六只铜铃产生共鸣

生命中的某次失火
想必是无须再提
有蚕桑，与棉麻，更多的是福泽
七重塔下的百姓
对于它力挽狂澜的能量
感恩不已。即便是再一次倾倒
或者焚毁，也会在越积越多的信仰里得以重建

牵引我在岁月里跌倒
和欢喜的命运

有时给我一沙,拆走一砖
因为不能省略
几百个年代回望
我不得不把自己与这座宝塔
区别开来。而对于膝盖里的关节炎
和隔夜燃起的大火
无不渐渐感觉摇摇欲坠

访芙蓉庄,黄昏及夜

捣烂
夕阳
扁舟,没有扁舟
我驮来的一片片绯红的霞
在河滩处上岸

访古
诉今
拱桥处,确有拱桥
你要告诉我的那些长短句
用夜的呢喃埋下

明清历史里的爱情,火一样地划过
最新栽种的红豆树才刚刚成活

穿越阜城门

没有了凭空突兀起的山峦
从落日上撤离下来的人不再殷红,静默
带着血腥的味道
拒绝逃亡
大风仍然钻进袍底。那些年
我和蚂蚱一同诞下秘密;照看破山寺里
一棵折了的古树

渐渐逼近中年的身体,也坐落在江南
一望成空,
或者一望秋实
如今我都习惯了脚下的安稳

吃　茶

立冬以后，风雨住进山中
湿冷，虚寒
原本要问季节借来的枯枝和干草退还给火种
也闻不见炊烟，竹篱笆扎紧的茶园里
有人点燃一首诗
有人削尖一个词语
杯中的茶叶开始返青，裹挟泉水
走咽喉要道，直达心肺

而昨夜，夜入殓
河东街经过老城，有酒客提灯引魂

常熟：剑门

那处剑痕，孤悬在悬崖之上
之前的数千年
已无人问津
之后同样的千年
可有寥寥知音听见，山石里暗暗喊出的
伤。只有用江南的月光，和雨水反复地洗
它才不至于在岁月里枯烂。
民间，有关刀剑的锋芒已经束之高阁
石壁与石壁依然决裂，
关不上，愈不合
它现在有着性格的两面
在深夜里互搏，在阳光下互相印证
从中间断开的那部分
大风来袭时喊出吴地的高音

老栗树下

冷。需要
怀春
怀烈酒,怀诗
为什么还怀上了年轮
一圈又一圈,用木质的锁
画地为牢

时间是寺路街上走过的快马
老栗树拴不住
要么是夕阳,或者是某个穿越而来的香客
抚着古琴
用秋天腌制过的眼神可以?

乌目山下少有盗匪,也少有骑士
说任何话都显得寡淡

是时间，只有时间
又静静地搬出寂寞
以年轮的速度，再一次在内心肿胀

西门湾

陪着季节一起出走,那里渺无人烟
泪水还挂着
一张没来得及撕去的日历
在风中哽咽

那日散落的梧桐叶,预示着秋尽
其中一枚被拾起
有个人坐在甸桥上望着西门湾发呆
水面异常平静
而阳光悄悄越过手心
替我留下了落款

听雪落的声音

冬已至,苦寒未来
笔落下,残墨渐干
三朵梅花次第在宣纸上打开
西风落在院中央,那棵数百年的老梅寂静无声

三更天,夜已出走。
从爱的古城,从琴的第六弦,从小小一个颤音里
从琴川河,从水北门
通达不可能回头的季节之外

像还在空等谁的归期。一幅画也等待一场写意
困倦袭击眼睛,檐下没有影子
也许还要许多个白昼和黑夜
雪会落下,染白虞山,染白了章节
就提一壶茶,也只一个人
在梅下,雪渐渐落。我与自己半世寒暄

问 村

渔舟渐渐停了下来
江水停了下来
星斗停了下来
普通的赶路人停了下来
古老的村落能系泊时间
时间静止
没有声音,擦去航迹
夜晚属于信任和怀抱
突兀,又或是
在寂静里凹陷进去
这是问村的形状
不仅仅是狭隘地理上
它是宇宙中一处天然的锚地
此刻,我也即将抛下缆绳

西城,及西城以外

血色,以黄昏的形式
正在渲染一山,一城。
他不是落日的追随者。站在城上
他不是秋,也不是菊的追随者

城门洞开着,与车马无关
青山如是,与如是无关
菊花簇拥,与烈士何干?

他们只是最简单的一景,一物。怀抱
自己的过去,沉入过去。
大地每天都参与了这样的告别

此时需要一首诗,杀进黄昏;
还有金鼓。来辉映百年,或者千年之前
那一幕幕鲜活的场景
他需要共鸣

虞山下,我摘走一枚红枫

必然有人会问起出处
它和纷纷两两飘下的落叶
是一样的。深深
凹陷在时光里
凹陷在某一处静谧山谷

我一个人过来,从山的外面过来
倚晴园是渡口
也许需要一支桨,或一支长篙,
或一些细碎的银两
生生闯入虞山深处,我成了失语者

就像一个人的黑夜有如一截木头
漂浮在大海
困顿入这个午后,我又一次交出了我自己
对于美,对于孤独的抵抗力

我随了漫野的动植物。别把我带走
我要带走一枚好看的枫叶转入冬季

虚 掩

九月
紧贴住了秋天的小腹
时光虚掩
我凿开云朵，黏稠的蝉鸣和桂香
并化开绿的浓荫
把一杯水送到干燥的紧要处

天空
偷偷怀念早春时分凌乱的风筝
现在正无人值守
多年以前飞绝的雁阵，在我的胸腔里
时而组成一个"一"字
时而组成"人"字

曾园：我对一座江南老宅的初访

几株年幼的红梅有了倦容
其中倔强的两个，昨夜还偷偷哭泣
它们不敢埋怨母亲
倒是年长的柳
换了新衣，早早于长廊边候着

在亭台。在楼阁。在穿塘而过的风边
天空也是江南
举头想象
是惧怕掉进一种细致的迷宫
更惧怕发声，声音会绕着古老的香樟
不知什么时候就有一条家规当头掉下

严厉的管家并没来：作为自由落体
适时来了一场细细密密的春雨
松了口气大家相互张望

或有些明亮的思想
悄悄滋生

曾园：抽出我的旧梦和悲伤

落雨纷纷，不停
要没落今生
之前。蝉鸣几声撑破骄阳
和深闺中将要暗许的缘
好梦常匆匆
苦短。江南烟雨，七八月里人消瘦
水满荷塘，毋须几日
游客一茬又一茬，赶赴好风光！
无人收拾旧心情
冷了又冷。那就借大把民国或者晚清时的月色
火花掉进眉心
清风明月阁前笑声朗朗
旋即嵌入碑廊。还原成灰色岁月
难渡烟云几许
只得任胡琴
一声又一声
征召落寞，和匹马单枪的冢

车过昭文路

一场必须要来的雨
终于斜斜地
切入主题。我驾车路过的这条叫昭文路的
柏油马路也因潮湿
而入梅

无从知晓
它是否会与日夜并行的常浒河
交换心事
有许多浮游生物乘着潮水
顺流而走,与我去往
下一个乡镇

一年四季我会重复地出现在这里
又会重复地离开
今天我特别想放缓速度,在坚硬的路面上

循着雨声,找一个切口
或者干脆停下来。漂浮

诗画琴川

弹一把七弦琴
古曲朴素的调子在虞山之巅回响不绝
这里住着仲雍,言子,和周章
七溪流水而过
用千万年时光滋润出了"常熟"地名
这里住着一代一代福地的子民

隆冬的雪意,染白方塔的额头
三分淡,两分浓
那时桂花酒醇香
好梦在得意楼的灯芯里栖息,在诗人的文字里痴缠
秋菊绽放,西城楼阁人流如织
收拢了满城心事
遍山的松树与枯叶追赶落日的脚步
武者折草木为矢,画者提笔写意

仲夏之时，繁华的街道闪动青春的节奏
每个人都潇潇洒洒
兴福寺里的空心潭边
也有人品茶，听禅，参悟人生道理
春水东流，十万寒气被搬走
百姓再一次擦亮农具
服装城里的商贾计划着新一年的目标
江南富饶的土地上又长出了一个个美好而又现实的梦想

如果还有来生，请许我还生长在这里
许我在望虞河、王庄塘、盐铁塘、梅塘、福山塘、
　　白茆塘里回游
许我在文学桥、月河桥、迎阳桥、聚福桥、永济桥、
　　拂水桥上走一走
许我入得铁琴铜剑楼，许我沐浴桃源涧
许我上得读书台
许我还说着琴川的方言做这一方的主人

四、空心潭上

空心潭

在这里能悬空的
必定是飞鸟。飞鸟是过客,我也是过客

跋涉与穿越者,此时有着最短暂的交汇
我们并未借机言谈,我仅能
在某个黑夜唤住自己
和自己大声交谈。
空心潭若是空的,尘世便也是空
静止,你所能
行走,你也所能
但这些虚妄的影子,必有所不能

边上一棵半朽的古树恰巧也加入了讨论
确切地说,也在两面巨大的镜子里被发现
我们生活在镜子里

注:"空心潭"为破山寺后禅院一放生池

药　引

裹着廉价的茶水，日子从那天起
——作别。我嗑开一枚南瓜的种子
五月，又一次在腹中种下

禅坐在兴福寺里
我磕过头的神还在。他们最先看见空心潭上
有鸟鸣经过，有如钟声从肺腑上划过

不用再开口。山峰间的涡流，通往山下就成了一池静水
有如眼睛凿开了身体，
能写意流出来的都不是泪

这一年，红豆树在小城花开
这是红豆与红豆树之间将有的重逢
是生活里预先埋下的肿胀

因果里转过了那些长巷子
我仍然迷信儿时的单纯。打住，或者奔腾
快四十年了，有时我只是被灯火虚晃了一下

那天我也独坐在七弦河的民居下
足足半日。这是对江南的茫然。有如身体里
每一条河流生病时自己为自己开具了药引

向破山寺

喝下老夕阳
七八条河流在远方
有炊烟到达绝唱的顶部,并缓慢缠绕
世外人面南坐北
说上千年的台词
不变,和紧接着不变的千百年

而落叶三三两两,怀抱秋天
与先前的尘土在下一个黑夜里
互不相干
又相继于禅院中落定

破山下,破山门朝天开
目送赶路人,健步如飞

朽　木

这种站立真的不算什么
两百年，或者更久远的记忆里
再没有了春雨里拔节时
骨骼发出的清脆响声

岁月比蜗牛行走更缓慢一点
此时又能闻到生锈和发霉的味道
疼痛，在潮湿的空气里酝酿、滋生
蝼蚁每天卖力生活，这个老人一天天虚弱
而夕阳的最后一道光芒，与我的目光
同时通过树洞，抵达庞大枝干另一侧
进行一次对视的时候，一股惊心动魄的力量
瞬间掏空了我身躯

若干光年的距离，把白云和蓝天带走
泪水残留着，

但那肉身折断的响声

在时空的倒流里，会得到呼应

倾　听

捡起一枚松针
捡起一枚松针落地的响
捡起十年、十年间刀耕火种的春

捡起柔软
捡起硬伤
捡起男人的辽阔、辽阔天地里涌起的唏嘘

我不得不把沉默也陷入进去
拥有宁静
我又不得不，把自己拔出来

共　鸣

前日滚过了雷声，雷声落下来
与我生前的某次呐喊占用了同样的频率
一阵阵雷声，频谱上出现有如山峰和深谷的曲线
曲线最后被天空收回
原谅一条睡过头的小蛇，泥土封冻了冬天和春天
现在好了，云烟升起
雨后的卧牛山都是佳酿
我爱这样吐着信子的生活，
　　　　　纵然满世界赤裸着流浪也是美事
清晨我坐在山下，破山寺后禅院依然幽静
从前它被一首诗空了出来
今年，我虚岁四十
像一座寺一样古老。但比一首诗年轻

说"困"

我不能微笑,也不能看别人微笑
不能摇旗,不能倾城而出
天不阴不冷,不明不暗,我看到的比任何人都少:
一棵松站着,它拥有得更阔绰
或者是这座庙,你不要想去和它交换什么
它也就站在那儿
它就自信得登峰造极

我也想站着,站着才能看见灵台
一动不动。
而我在三界,跳不出五行
我不能动,一动就身陷流沙
我困住了

石　阶

石阶，我的兄弟
想与你行酒吃肉
三更天，我从血梦中醒来
你留着被利斧开凿过的痕迹
那种平坦，绝不是人们入世时才有的胎记

也曾在某个冬天闯进山门
满目皆是仅有的黄与白
你拒绝我递过的棉衣：抓把雪说是最可口的素食
连一只鸟都想逃离的院落
连整夜月光都在哭诉孤独
你守着。不迈一步，不流一泪
任春夏秋冬，
絮絮叨叨轮回着
所还剩余的坚硬，也足能说明
你是一块石头

你说你度每一个接近香火的人
你说你也度一个赤足从后山来的人

循 环

抬头、挺胸,在一枚弹痕里阔步。
到罗马,再从罗马赶回家
双脚穿上袜子,
袜子外套上层层厚厚的公式
好神奇的脚!
逢凶,化吉。任何险峻的山
被轻易图解
黑板变得明朗
有人站在了理论的高度

木牛流马开始生病
我开始遇见我的胃酸

至少还有一次破山寺里的早茶
明显让我感触
走出循环的必要

位置：潭边品茶

我的右首：四个从五六十年代赶过来的长者
兴致勃勃地讨论着五六十年代的国际形势
仿佛千斤重担正压着肩膀
我的左首：两个80后的年轻夫妇反反复复把一首唐诗
念了好多遍，像是要活生生回到唐朝，4岁的
女儿也不跟他们走，只肯吃力地复述
我的后头：一对二十来岁的小情侣。男孩使劲说话，女孩
才不搭理。一个解一个系
那个属于他们的结，现在还阴晴不定

在这之前，我惊险地绕过城市，绕过将要被收回
的宅基地；绕过我的十年，二十年，三十年；
现在泡茶，落座；
然后把自己绕到一本非常廉价的杂志上，但是它
实在是太薄了。以至于我很快被周围的声响惊扰
环顾四周。看看他们，也看看自己在什么位置

寺 外

生命和生命赛跑的清晨
时间嘀嗒。末了
一个武士重重摔下:一只裸死的昆虫

千年古树的庇荫下,大片和大片树叶的夹缝中
蓝天碎落
狂乱的黑暗在胸中拔起
猛兽洪水,地魔张牙舞爪

他们围困,他们打坐,他们静得出奇
庙墙上香烛和荤油面的味道相撞
麻雀在人群中缠斗、交配
我终于认输

决意虔诚聆听,梵音传承
看人世里和人世外
有银杏树,有菩提树

犁　刀

白纸泼墨处又有人烟
有大鸟凌空
有刚刚苏醒的清晨和刚刚苏醒的黄昏
但我无法想象着描绘天堂与地狱。
犁刀切开皮肤
这是多少次混沌初开：
涌出了泉水浸湿纸张，流着流着就流出了血
再盖上新鲜的泥土
伤就止住了

幸福然后迈过稻浪
告别地底下陈旧的尸骨
我只是一个在此屯田的边民

孤坐禅院，黄梅最后一天

一个上午
我都在蝉的声带上行走
此起。彼落。
它是个俗物：有某些焦虑，又直达本意
佛音与它无关，各顾各的喧
但显然比我笃定

它的声响临空、尖锐，盖过一座庙宇
压住我的心肺
我大口吸气，一点一点地呼出；它胜利了

梅子的酸味留在山的那头
会连同丰沛的雨水，一起印证季节的铁律
我还在失语，当然还有蚂蚁
爬上石制的栏杆、甚至肉长的胚
悄无声息
在这难得的阴天

白玉兰祭

没有一株花树,拒绝盛开
没有一个生命,拒绝在春天醒来
没有了白色蜡烛
从身体里生长出来,
诵经的早晨缺点什么?我只是残忍地想
去年三月,你应该是开的太疼了
破山寺内,白莲池畔。倾倒,以后只是一个在世间的姿势
不是顽强,不是沉默。隐去名字与归属
请回到泥土。回到百年前的种子
轮回到某一年的下午
你只是一个禅院里扫地的僧人
或是某个有缘人
结在风里没有生命的铃铛

等 雨

清明前,带上伞
独自一人在千年古刹里逗留
也许是为了等雨

风慢慢静止,时间失去驱动
红尘中丢掉的眼神
此刻落下。一潭池水盛放了纸制的莲花
和几行古诗里的语境

雨滴。也落下。渐渐打湿空气
也如那日晚霞中的国清寺一样恍惚
我与自己打了个照面
六百里开外的行走
佛前的一些疑问将重新被提及

消　磨

没有遇见早起的扫地僧
落叶和尘埃还在
破山寺里植入的钟声
埋下的鸟鸣也还在

几只蚂蚁执着地爬上我身体
相比于草木
我仅能焚起几行短诗，这种芬芳
也由前人种下

不需要练习飞翔
这种技巧比不过老老实实打坐
闭上双目，这显得打紧
驮上一句灵光，或石头
用上半天与它们慢慢消磨

五、时光有痕

雪的三部曲：2007年冬日记忆

初冬。絮语

北方的雪
恋上了南方的天空
我只爱
悄然消融于尘的那一片
飞越过崇山峻岭
在我双手伸出的刹那
安然地，落于我掌心
舍身为水
像极了她的清泪

隆冬

前些日子的飘逸
是她轻轻的低诉
让久违的我
萌动，爱之本意
突然而来的倾泻
是不是她，有着深深的幽怨

春，雪的泪

一种柔软的晶体，渐渐流淌
带着温暖的感悟和海的咸涩
于玫瑰绽放的春天
她在黑夜默默死亡
而那些还有梦想的日子里
她依然洁白得令人向往
北方。遥远的圣山
她的归属
我在南边起航
某年某月某日我定折返
爱情，雪莲，还是她的灵魂
将被祈回

2010年夏夜,和女儿纳凉,看星空

有大朵大朵
的白云
浸泡在墨蓝的夜空
我一直举着头
看它们
漂流
六岁的女儿
跟着我看
发现了一颗星星
说:爸爸你帮我抓下来
前几天她还想去
云上面玩
呵呵

台风2012

我们喜欢奔跑,越是奔跑
越是失去大地

现在我只考虑钉在这儿
把往后的三十一天,凑足满满一个月

等待下一个台风。然后交出根须
其实我只想成为风雨中最招摇的那株

拒绝去往秋天
我要凌空倒下,木讷地指向你经过的路径

失去语速和风度
反倒让一个浅水洼形成一次严重的内涝

台风2013

预期过，也许还有点期待的
那份紧绷的神经
并没有如期而至
由于台风中心偏离过于遥远
连它犀利的尾翼，也藏有过多酸涩
像是笔锋
忽然一转。对这个绵延漫长的苦夏
大书特书

滥用煽情的结果是：时值寒露
我被迫赤足
在一个个水塘中徘徊
并搬运一砖一瓦
没有鹤唳风声，其实连盗走数枚落叶也是困难的
电视里有台风经过外省并死去的消息
夜终于静止

山河里突兀而起的
阵阵砍杀，始终没有再现
那么任何一种重塑便要推倒重来

台风2018

他说要来
一个冗长的夏

蝉鸣声不再从半透明的绿叶背后传来
蝉的羽翼已经折断

呼吸里有悸动复活
雨下了整夜

这个城市最严重的内涝
人们都不确定台风是否已经来过

子 夜

孤独是今夜的追光灯
我坐在电脑前发呆

长长的沉默与这样的黑夜
相得益彰
可是英雄累了

活着就像一部枯燥的连续剧
生命是唯一的投资方

刀斧留下来的一些痕迹
连疼痛都不具体
年华已逝了

落日与我,在黄昏的一个场景

我们相对着下沉
并借助一面巨大的湖水看清
自己最后的纬度。常常有一簇箭伤
射出崭新的疼痛

落日。此时脱下血红的大袍
卡住的风声
仿佛不曾咆哮过
我长久的注目礼也给予我自己

天地之间,不需要有无用的台词
我们都是落幕前的大人物

告别青春的台词

遥远的大火支起了黑暗
河床脱离了大水
通往昨天的寂静岭
这个村庄除了欢笑还有哭泣
像机器上脱落的零件声
随时扯下大块的皮肤
台词和星星如今都丧失哺乳
疯长的是胡子
我曾是如此肥沃：盛产忧伤和疾苦
我一再匍匐
泥土的心跳如此苍冷
这不是祈祷，这是眺望
青春死后的姿势
岁月之刀将取走我每一根肋骨
请把它们挂在风中
会有不同的呜呜声
那是这段生命百年的孤独吟唱

中秋月

再也不能吹响那支古老的竹笛
在月下
在水边
完整地叙事。旧日里缺失的一角
今夜为你补上。说一声圆满
道一声平安
听古寺的钟声远了又远

在故乡。或者长安
八百里加急,赶无名的驿站
你明晃晃的山河里
那些年
一次次重复往后的历史

九月歌

一支秋风拉响了
胡杨。呜呜低唱
目光的悬崖里
云朵继续升高
山坡像是失去了羊群
显得非常单调

有石子圆润,用来占卜
还是打磨一只跛了脚的马蹄
酒不可或缺
陌生的歌有时随鼾声四起

空白的人
此时枕书而眠
或者怀抱种子
与秋而亡

立 秋

桃花的骨架将变得日益丰满
我会一头坐进西风。喝酒、大笑……
三千兵甲在那晚须发皆白!
东风、南风、东南风,都收进老妇人绝望的铜镜
"举头三尺有神明",谁也倔不过谁
最好还得吃点药:避免自己成为一只啸叫的收音机,
　　正常接收并播放
今夜,虚盛的火停留左岸。再无力把
老迈烧成少年,荒废烧成沃野
举起竹刀。它的内容从明天开始
一瓣一瓣投向我的体内,成为红色的瓢
之后,我一直等待那个妖精
走出逼仄的月光
连同我的头颅一起带走

在一个寂静的夜晚

春,敲夜的头颅
有雨水唤我的声音
明亮而脆弱,应该是这样子
我将又一次重温上苍的恩赐。
没人被苛责
虽然许多人更留恋冬天
虽然我在以更低的姿势收拾星星留下的痕迹

没有什么需要高举起
没有人再回溯到上游,占领王朝里失守的关节
我在乎我的天花板
上面的上面,是旧式公寓的顶
它在小区里的野猫发情时
不显得那么突兀
还有一根根笔直的路灯
尽可能地彰显骑士精神

四 月

四月是四月的盛开,是春天的盛开
少女的盛开,雨的盛开;是生命的盛开
泥土的盛开,绿的盛开;是云朵的盛开
桃花、樱花、油菜花的盛开

死亡是一直盛开的,一年四季地盛开

他的胸膛之上,什么都没盛开
他偶尔才活着,他的呼吸是一块石头
对于一个世界的吐纳

春风慢

夜,将星星遗忘
雪水成为密语
寒冷摇摇欲坠
我追讨过的凶手杳无音讯

抬眼腊梅落尽
抬眼春已降临
一场对决还秘而不宣
肤色白净的它,痛快地说出
十年之约

宿醉前后
辗转了空无一人的笔迹
是唐诗
是汉史
悍匪也别离,一世不足为道

桃花可期
我已白头
只有故乡落落大方
捧起你，埋葬我

冬夜看雪

搬走身上的风尘
搬回冷
和数十年光阴

只妄想
更疏于表达
听见脚步走入心间

白是你要还给我的颜色
今生
无力染指

立春帖

总有一天，我用写诗杀生
祭拜过的只你一人
恩怨因你而起，并不因你而终

我由写诗，而一边落泪
众生里，笑出孤单

应与冬天立字为据，谁先学会歌唱
谁先守口如瓶
退出之前，求时间静止

而总有一年，我用写诗求生
洋洋洒洒刻不下一字
春风如旧，寒冷留住姓名

九 月

对于一个夏季蝉的呐喊
未曾呼应
白露过后
蛐蛐的叫声,让黎明变得辽阔

九月
你站起来,应在秋天之上
俯身
河水微凉,还有似生命的余温

暮 春

水开始饱满
枪膛微微发热
去云端,或者是柴草上好像都一样
吃了姑娘的亏
腰疼
小把小把的光阴被抄送
陷入故乡和流放地
我再一次被摊平
等食桃子的肉
和皮

秋风辞

雁阵高飞,他们退耕还林
为往事奔波的人
强说过一个愁字,恰关进了小牢笼
我的故乡:江南
吞下秋天的是我的喉咙
和我的舌
渴!百里之外,长江茫茫;
百步之内,大幕沉沉
一夜西风乍起!是谁早于天空
取出大把荒草和心事

哦，十月

目标不是西南
火车驶向十月，向着秋天的心脏

枣子熟了，爱情也熟了
哦，是个红色季节
只有农民和那片叶子，计算着
与泥土的距离。
上帝是狡猾的，不用想去破译一段密码
或者搬动一根铁轨
我成了无知者

成熟的稻子正等待最后一个秋阳
镰刀不会承认自己是凶器
它大抵是"命运之刃"之类的器物
然后到处是庆祝丰收的人们
哦，十月

我以一个无知者的名义
在家乡畅想未来

立 冬

谁都不能暗度陈仓
揪住我的是眉上三道皱纹
当它翻越城西最后一道山冈之后
我正用火把照着它,我穿着棉衣,手脚冰凉

其实这里没有敌人:
猜忌使大家变得心事重重
我大可以温着酒
把火苗拨高

冬的叛逆者

杀死冬天
杀死噤若寒蝉的冷

不允许中间路线
誓与保守者抗争到底
抵近春天,
抵近物体正面
在一匹飞驰的木马上
与带不走的旧物极速脱离

一支不愿相随的梅
在落日将尽时,把手死死地扣在胸前

秋 逝

没有人再谈论秋
和秋走时霞光从天边溢了出来
落在背山的草木上
这里是江南之南。空寂和冷随之
蔓延开来
带着血腥的味道

快马!传书!把消息捎出去
向北八十里的古驿道上,严厉的冬
死死地守住隘口
令我在那一夜插翅难飞

若干年后,大雪弥散
我只得求一杯薄酒,将所有的月色重构

叶 子

她的出生我没注意,绿了就绿了
说好看,也未必
偶尔路过,我也许会瞧上一眼
晴好,或者下雨都在那儿
她好像有花不完的光阴,常常站着
她好像从没愁过嫁出去,她没恋爱过

我是那个自小爱荒凉的孩子,一夜长大
喝过酒,闯过祸
喜欢看好看的姑娘。就这样
一天天,一天天耗了过来
我渐渐耗不过光阴,眼神又开始荒凉
我渐渐恋上了那枚已经发黄的叶,指我向深秋

六、散落的章节

芦　苇

身杆依然杵着
心已然空出。泪水的宫殿里
眼神还未被收缴
冷，是北风射出的子弹
密集，尖锐。是谁第一个喊出号子
河流里牵出岁月，带着血液的黏稠。
芦花发白，种子无辜。只要它们摇一摇
或者点一点头
就不再算这个世界里的懦夫了

径 流

被烈日带走的那部分重量,现在正由雨水
带回。一艘吃水太深的船舶,一条过于缓慢的青虫,
　　和一双艰涩的眼球
都无怪乎事物本身
讽为一次真正意义上的苏醒
还有待观察。要离开寓言,童话
我做回那个木讷的人:沉在河床底部,或是枯叶背面
或是沉在这个人自己的内部
一天当作一万年
满的话终究会浮上来

偏　执

河床可以扣在河流之上吗?
呼吸可以交还给一株植物吗?
向荒凉预支了荒凉
落日对我的刹车和方向盘无法随动
一个庞大的烟囱现在被除尘
谁都无法知道它想在大地上狂奔的事实
那些逆流杀出黑暗之前
全都被捕。火炉和一块铁的死去
像热烈亲吻，工匠打造刀叉剑戟的过程
甚过于杀人
冷。一百吨沉重的冷，这是谁都看得到的结果
而我无法爬墙，
无法生出另一只尾巴
连骨头都拗断的时候才重新审视
最简单的道理
痛快!

我喜欢在南山迎接最后的阳光
我的梦想全都埋在壁虎的尾巴里
神一样的悲剧
在几经筹划之后
出笼。我的血液里写着
淬火的刃。一次又一次割失眠的夜

源　头

冬天始于冬天的源头
我会不自觉地返回到那里
重新筑起荆棘和荒草，与连绵不断的冷空气为伍
撂下盔甲，妆容
拒绝返青。把一个背影修炼得炉火纯青

大雪之后终会没有大雪
从隐秘的河流深处，到山峦之巅
火焰冰封，粪土的余温
都将是我迁徙的下一站
除了冬天。我的每一天都居无定所

风　筝

奔往死去
但从未拒绝活，灿烂地活着
它通常可以忘却
上一秒向上的压力，和下一秒
向下的风险
对于这一秒飞翔的
专注。超过了任何一只天空中出现的鸟儿
这种飞翔，这种专注
是一种极端病态和贫瘠的表现

奔向活着
但从未拒绝死，完美地死去
它用一颗不会弥散的诗心
亲吻云朵，亲吻蓝天
亲吻每一个
爱它和不爱它的朋友

大地。是它最先亲吻过和最后要亲吻的地方
那份明了，那份执着
让我不得不把它看成知己

当把手中的最后一段线放出去以后
瞬间的张力，把两个患有心绞痛的人紧紧地联系在一起

拥　挤

计算机自动修复八个漏洞
它堵住通道行驶缓慢
老式头脑需要一次旅行
要敷衍，不要死机
这瞬息成变的时代
谁遇见谁都无所谓假正经
打上补丁
我们缝缝补补
已经不行了
该升级换代了就贴个标签
你的
我的
他的
来来来
我们的面皮换一下
你来了

我走了,他走了
我来了
动情的扬声器播放音乐
也插播警告声
2013,我37虚岁
一些障眼法在心里瞒过自己
不能虚度
抓紧赶路
到处是背井离乡的人
不如停下来
先优化下内存和硬盘
动一动脑子
并搬动一下发烫的臭脾气
关心一下健康,家人和朋友
让自己陈旧
爱上所有
所有都是我要爱的

不惧怕

我不惧怕去年的日落
也不惧怕去年的枪声

我惧怕我的身体
一次次地转载
我惧怕我的身体转载了我
我惧怕我转载了我的身体

我不惧怕今年的失眠
也不惧怕今年的睡眠

我惧怕我的眼眶
一次次地转载
我惧怕我的眼眶转载了眼泪
我惧怕我的眼泪转载了眼眶

其实,我惧怕的是我的眼眶
转载不了眼泪;眼泪转载不了我的身体;
身体不能转载我;我转载不了枪声;
枪声转载不了日落

所以我失眠,睡眠——

更 替

太平的人间
和太平间
到了交班换岗的季节
肥皂剧刚好一拍两散
空气里还有迷迭香的味道浮现
绿色的裙角曾遮掩喜悦
褪色的衣袖沾上了焦黄的泪
暖阳无人舍
南墙无人依
一只老猫爬上树干继续午睡
想那大好时光我都在干吗？
死亡事件撞上了我
我掸掸灰尘
撞上深秋
还需用微距的视角围观吗？
可爱的人儿

木质、缺水
是谁每天制造生死离别
薄情寡义
而四下里的悲切正一天天遇难
我入梦
或假寐
携上几件麻木不仁的新道具
却空有一副好身手
不断的在寒风里
迷茫、盗汗
牙关不断地锁死
最后在攥紧芳名的冬
一路杀回秋
一路杀回三月
她刚入世的家门

日 子

肩挑背扛的日子
一点点拉长
只是个黑影而已

"嗖"一声
明亮的跳动后
什么,也没有了

叹昭君

马蹄印,弹起了灰尘
几千年的书香
缺失去一角

长安城,波澜不惊
只那嘶鸣声
才显得惊心动魄

"汉月"越走越远
越走越白
苍白
流尽了血

爱　人

爱人
请送我一根黑发
送给我你的青春

爱人
请让我还给你一根白发
还给你天荒地老

爱人啊
我捡到了一根白发，一根黑发
哪一根你，哪一根我？

房　子

一些被迫搬离的人们
多年不知所踪
他们是候鸟迁徙时
掉落的羽毛，就像当年
掉落的仇恨

越修越新，越造越大的房子
住进了另一些人
有明亮的窗户和漂亮的
玻璃门。横七竖八，陈列的
琳琅满目
它也许更像是
新开的百货超市

还有一处小房子，没被拆走
它装了
我涉世的梦想

冶　炼

尽管从地层被挖了上来
一千吨矿石还集体面露土色
稍稍盘点之后，一列火车驮着这些乡巴佬
呜——的一声
离开原籍

它们每一个心中都握着铁
经受住了历史的埋没
与拷打。如今投身到一座高大的熔炉里
用费效比最科学的方式
进行一次现代化冶炼

铁，被严格分离出来后
那些倾倒而出的尾渣
在阳光的直射下冒着危险的白烟
同样有面露土色的冶炼工人
在想念故乡的时候，大口大口吐着劣质烟圈

仲 春

风向所指,成片的油菜花
与江水涌向四月
每一个浪涛都借用了春天的名义

因为怀了酒的种子,雨水在天的边际发芽
雷声松动,滚落下来
正好接上了去年的哀愁

浮吊日夜忙碌,可还会有等候的船只
依然空载
赶在前些天它们已经在内河码头出发

也许还有雄性的基因,石头垒成的第一线防波堤
岿然不动。来自不同高山
它们还要一遍一遍接受梦想的拷打

黑　夜

1

我讨厌它的眼睛
咒骂它
向它挥舞拳头

并拾起一根长长的木棍
戳它的身体

像所有人那般
我只喜欢星星一样柔软的眸子

只有我
后来领受了黑夜一顿残暴的毒打
嘘，它真的怒了

2

黑夜就像大海
一个个骇人的浪涛把我打翻
我挣扎着游回岸边
透不过气来

后来就随波逐流了
下沉,或者浮起
对这个空洞的躯壳来说
已经没有实际意义

原来,每一个不眠之夜
就是一次海葬

3

我不是每一次都灯火通明
要收拢胳膊,肩膀,脚掌,以及我的心脏

关不掉时时涌起的寂寞
而初秋的夜风却欢快地磨动刀子

我想起了坟地里飞起的一只萤火虫
和一只桑树底下叫唤的蛐蛐

在最夜深人静的时候
无限的旷野,把我们凸显出来

4

那些火药
显然是我燃烧的血

我要像子弹一样
击中
夜的心脏

孤独在秋天虚白的时空里
又一次
扣动了扳机
死去时候如烟花

5

停泊
在腊月里。
借来酒,很烈的那种

梅花盛开
寒毒加重

黑夜里我睁开眼
不看世界
只为流泪，或是倾泻醉意？

其实我是笑着的。像刚从娘胎里分娩
只是这一次悄无声息

空 杯

横看,这是一只空杯
竖看,还是一只空杯

它,真是一只空杯
没被装过任何液体:譬如酒、茶、水,或者其他饮料

它只是具玻璃制品
它简单而透明

它,静静地站着
但又也许马上会结束这样的状态:譬如出现了猫、狗、
　　鼠,或者一只黑手

谁都不知道它的梦想
在这之前,它偶尔地折射过一些月光

跋：铭刻诗歌，击败苍茫的时光

在谈论文波的诗之前，想起他分享自己的创作，情感的宣泄，占据了主要来源，但在具体的释放过程中，当对世界的失衡，成为想象的脱缰，这就变得高级了。毕竟，相对现实生活的苟且，诗与远方承载了无穷无尽的向往和美学上的情感体验，使格局跳出框外，感观耳目一新。

尽管两者若分割干净，变得上不着天下不着地，徒有精美的躯壳，而无拳拳到肉的疼痛感；徒具现实的重量，深陷入泥沼而翻身不得。它们只有前后承接，浑然一体，才能引证自我。但好诗的要义，又必然挣脱两端的挟制，平地起波澜，于极险处陡现绝顶风光。

正如我早前断言："如果开闸洪水，裂变为瀑布的强烈幻觉，意义则显而易见。"所以，若从抒情的高度，回望文波这么多年辛勤笔耕，《山秋》是一次绝美的展示。全文如下：

> 天空的衣兜再次为大地敞开
> 所有的偏执

只消让季节慢慢诉说

那个不是很晴朗的下午
和那处不是很崎岖的山坡容纳了我
席地而坐
极目而终

有两三片时光从白云深处遗漏
有两三声鸟鸣在树冠之上鼓起又平复
有两三块乱石沉默不语

百十里外,大江酣然击水
咫尺之内,银杏叶在后来的某个时间点上遮住了我的
眼睛
这一地的金黄最终让我感觉整个人的重量
都浮在秋天之上

  广阔的远景与近聆,由盛大转入微,空间的灵活转换,成全了一个诗人水银泻地般移情。他对季节的敏锐,则推动了生命仪式感的抒怀。文字与心境的融合,淋漓尽致。美国作家苏珊·桑塔格说:"艺术家的感受力才最终起决定性意义。"诚然。
  《西城楼阁:落日》则开启了物我两忘世界般的探照,不啻于生命一次性的寻索。从"前不见古人,后不见来者"的静,掀起落幕的剧情,阅兵式的气息遥相呼应,感知这放大的瞬间记忆。"而我所登上的城楼,只拥有了前朝的旧址",空间与时间一起站定、

/ 169

交汇,"这个世界因不断奔走的血液而真实,也不断虚假"。至诚的询问从未止步。由此及彼,不难看出文波内心的澎湃,吟唱的本能注定像庄周梦蝶,穿越古今,始终根植于灵魂深处的自觉和本真。

他在早期一系列的尝试,语言,文本,对世间百态的观想,往往由具体的事物介入,赋予人性化的特点,演绎成趣味十足的民间故事,或铺排为风花雪月的独白。经过时间的发酵,忽然全都有了用武之地。如同他在《红梅》诗中写道:"它的每一种眼神都是兵器/它的每一瓣衣裳都是铠甲/它的每一缕香气都写明是毒药。"诗歌寻求替身的冲动,无意中接续了东方诗歌的传统,保留了艺术的多样性。

而我对他早期的评价,如今看来满是居高临下的假象。"骨子里散发的精神洁癖源于对美的追求,一方面抬高了诗歌的身段,企图以和谐的姿态,覆盖各种负面情绪的侵扰;另一方面则彻底摒弃了烟熏火燎生存的繁重气息,只想悠游的纯粹的吟唱人生,那势必导致过度的净化,造成诗歌的轻巧,对应当下身心分裂的人们,或许此种结局形同于幻梦般的解乏,治标但不治本。"或者,我们应宽容地看待。套用文波在《西城,及西城以外》的诗句:"他们只是最简单的一景,一物。怀抱/自己的过去,沉入过去。/大地每天都参与了这样的告别。"

当狭义的区分,越来越成为诗歌的禁锢,有些东西大而无当,有些东西则明显忽略掉了。仔细体会文波后来的诗歌,如《共鸣》,全文示下:

前日滚过了雷声,雷声落下来
与我生前的某次呐喊占用了同样的频率

一阵阵雷声,频谱上出现有如山峰和深谷的曲线
曲线最后被天空收回
原谅一条睡过头的小蛇,泥土封冻了冬天和春天
现在好了,云烟升起
雨后的卧牛山都是佳酿
我爱这样吐着信子的生活,
　　纵然满世界赤裸着流浪也是美事
清晨我坐在山下,破山寺后禅院依然幽静
从前它被一首诗空了出来
今年,我虚岁四十
像一座寺一样古老。但比一首诗年轻

步伐放缓,吟唱减速,中年落定的安稳,感慨收敛得只剩隐隐约约的雷声,生命历程化作的曲线也变得模糊不清,可以洞见繁华远去,不动声色收场,背后的长途跋涉,处处流露现实的间离效果。

以致他不止一次告诉我:凌晨醒来,别样的情怀揉搓胸口,频频化作诗歌的幻听。比起他在生意场上,我所不知道的波诡云谲;绿茵场上,追逐飞火流星狂奔的身影,显然诗中吟唱的人生,搭配多情的想象,更易长久拨动久违的心弦。

我也乐意观望,他借助诗的身体,打开另一座肆意呼喊的天地。如造访《问村》,"渔舟渐渐停了下来/江水停了下来/星斗停了下来"。当他意识到村落不仅仅是狭隘地理,"它是宇宙中一处天然的锚地/此刻,我也即将抛下缆绳"。想象绝非无根之水,它在一意孤行中突破现实的藩篱,触及的必定是终极的罗马大道。

就像现实之中，我俩经常结伴，畅游虞山、尚湖。有一年秋天，我们从桃源涧出发，走走停停，欣赏沿途的风景。中午抵达维摩山庄，院子内香气袭人，每棵桂花树下，都摆放着桌椅，仿佛在等某位有缘人。落座喝茶，隔壁魁梧的汉子，忽然打起拳来，虎虎生风，桂花满地。我们有一搭没一搭，聊着心目中的诗歌，可以用"渐入佳境"形容。

那阵子，他的生活也的确悠闲自在，没有后来长年奔波。中年成熟的形象，增添了过多沧桑。我只要约他，基本有空。坐着他的雪铁龙，几乎把常熟游了个遍。说来凑巧，我们还是最早一批在龙殿成为遍地茶室之前，就已经探访过"小九寨沟"秘密的游客。领略了鹰击长空、野鸭嬉水的龙殿湖。亦曾趁着余兴，拜访离此不远的古银杏，那棵遭受火烧雷劈，仍然存活的"千年老寿星"，枝繁叶茂，郁郁葱葱。我们围坐旁边，谈笑风生。累了，就进入它的梦乡。此刻忆及，恍若昨日。

而我也多希望，每一次回溯，涌动青春的温存，与文波一起铭刻诗歌，击败苍茫的时光。

江　喜